SGEULACHD
AN DÀ BHÈIST

PÀIRT A H-AON

A' BHIAST
ANNASACH

Fiona Roberton

acair

DO DHAIBHIDH
THA DÀ THAOBH
AIR GACH SGEUL,
AGUS AN UAIR SIN
THA AN FHÌRINN ANN.
MARK TWAIN

bìog

bìog

A' CHOILLE DHLÙTH
DHORCHA

SLIGHE A-MACH →

← ÀITE CUIRM-CHNUIC

Bha mi a' coiseachd dhachaigh bho
thaigh Granaidh, tron choille dhlùith
dhorcha, nuair a mhothaich mi do
bhiast bheag annasach.

Bha e air a dhol an sàs ann an craoibh,
agus bha e a' sgiùganaich gu tùrsach...

BÌOG!

...'s mar sin chuir mi romham a shàbhaladh.

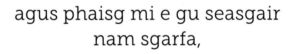

"'S e Fang a bh' air mi ort!"
thuirt mi ris,

agus phaisg mi e gu seasgair
nam sgarfa,

agus dh'fhalbh mi leis gu slàn
sàbhailte dhachaigh.

Nigh mi e gu snasail san tuba,

agus chuir mi bonaid is geansaidh eireachdail air,

agus thug mi dha bobhla
blasta de chnothan ùra.

Rinn mi taigh grinn dha,
agus thug mi dha Rìgh
Rex airson cluiche leis.

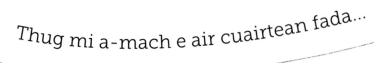

Thug mi a-mach e air cuairtean fada...

airson a chumail slàn...

is fallain.

Agus sheall mi e dhan a H-UILE caraid a bh' agam,
a bha cha mhòr a cheart cho measail air 's a bha mi fhèin.

Ach airson adhbhar neònach air choreigin, cha robh a' bhiast bheag a' coimhead ro thoilichte.

Gu dearbha, 's ann a bha e a' coimhead caran teth. 'Tha mi an dòchas nach eil e tinn,' smaoinich mi...

...agus dh'fhosgail mi an uinneag airson a dhèanamh nas fhuaire.

Ach an uair sin thachair rudeigin UABHASACH!

Shad e dheth a chuid aodaich,
leum e a-mach air an uinneig...

...agus theich e cho luath 's a b' urrainn dha,
air ais dhan choille dhlùith dhorcha.

Bha mi ag iarraidh a dhol às a dhèidh,
ach bha planaichean eile aig Mamaidh.

Cha b' urrainn dhomh cadal.
Bha mi ag ionndrainn na bèiste bige,
agus a' gabhail iongnadh am faicinn e
gu bràth tuilleadh.

Ach an uair sin nach do
nochd faileas beag molach
aig bonn mo leapa.

Bha a' bhiast bheag
annasach air tilleadh.

Bha a h-uile coltas air gun robh e
air a dhòigh m' fhaicinn,

agus smaoinich mi gur
dòcha, dìreach gur dòcha...

...nach robh e buileach cho
annasach sin.

Saoil carson a thill e?

SGEULACHD
AN DÀ BHÈIST

PÀIRT A DHÀ

A' BHIAST
UABHASACH

Fiona Roberton

DO DHAIBHIDH

B' E AN T-ÀM A B' FHEÀRR
A BH' ANN,
B' E AN T-ÀM A BU
MHIOSA A BH' ANN.

CHARLES DICKENS

Bha mi a' crochadh bhon
a' chraoibh a b' fheàrr leam,
a' seinn gu mear ris na
h-eòin nuair...

HOIDH!

...a chaidh mo GHOID
le biast uabhasach!

GRRRGH!

Rinn i dranndan rium,

agus cheangail i suas mi,

agus dh'fhalbh i leam dhan
t-sloc dhìomhair aice.

Rinn i sgreamhail
fhèin glan mi,

agus sgeadaich i mi ann am
bonaid is geansaidh gòrach,

agus dh'fheuch i ri toirt orm
biadh fheòragan ithe.

Bha mi glaiste aice ann am bogsa beag bìodach, gun chur-seachad dhan t-saoghal agam agus gun àite às an crochainn.

Thug i orm coiseachd air ais...

agus air adhart...

agus air ais a-rithist,
gun adhbhar sam bith.

Sheall i mi do threud bhiastan a bha fiù 's
na b' fhiadhaiche na i fhèin, agus a bha a
cheart cho uabhasach rithe.

Bha siud GU LEÒR dhomh!

Bha plana seòlta agam,
a chuir mi gu feum sa bhad.

$a + b = saorsa!$

b ◄- - - - - - - - - -
- - - - - - - - - - a

SAOR UAIR EILE!

Rinn mi às, air ais dhan choille dhlùith dhorcha,
mus deigheadh aig a' bhèist uabhasaich air mo ghlacadh.

Bha e sàmhach anns
a' choille dhlùith dhorcha,

's dòcha ro shàmhach buileach.

Agus caran fliuch.

Ann an aimsir mar seo, cha b' fhuilear
do chreutair bonaid bheag bhlàth a
bhith aige.

Shiolp mi air ais ga h-iarraidh
anns an dubh dhorchadas.

Bha a' bhiast uabhasach gam fheitheamh.

A rèir coltais bha i toilichte m' fhaicinn,

agus smaoinich mi gur dòcha, dìreach gur dòcha...

...nach robh i cho buileach dona sin.

HODDER CHILDREN'S BOOKS
A' chiad fhoillseachadh am Breatainn ann an 2015 le Hodder & Stoughton
Chaidh an deasachadh seo fhoillseachadh sa Bheurla ann an 2018

1 3 5 7 9 10 8 6 4 2

'S e Hodder Children's Books meur do Hachette Children's Group
Pàirt do Hodder & Stoughton, Carmelite House, 50 Victoria Embankment, Lunnainn, EC4Y 0DZ

www.hachette.co.uk
www.hachettechildrens.co.uk

A' chiad fhoillseachadh sa Ghàidhlig ann an 2018 le Acair
An Tosgan, Rathad Shìophoirt, Steòrnabhagh, Eilean Leòdhais HS1 2SD

info@acairbooks.com
www.acairbooks.com

An tionndadh Gàidhlig le Mòrag Anna NicNèill
An dealbhachadh sa Ghàidhlig le Mairead Anna NicLeòid

Tha Acair a' faighinn taic bho Bhòrd na Gàidhlig.

Gheibhear clàr catalog CIP airson an leabhair seo ann an Leabharlann Bhreatainn.

Clò-bhuailte ann an Sìona

LAGE/ISBN 978-1-78907-009-5